Il pleut à boire debout!

Texte d'Amélie Duceppe
Illustré par Rémy Simard

À Émile.
A. D.

Dominique et compagnie

Non Oli! Tu ne peux pas aller
jouer dehors aujourd'hui. Appelle
plutôt ton amie Lika. Regarde,
il pleut à boire debout!

Bonjour! Oli est bien content de
venir jouer avec votre belle Lika!
Vous savez, il la voit dans sa soupe!

Il faut faire vite, dit Lika.
Ma mère a les yeux tout le
tour de la tête!

Les enfants, devinez ce qu'on mange!
Vous donnez votre langue au chat?

Oli! Lika! Où allez-vous?
Avez-vous mangé tous vos macaronis?
Mais vous aviez l'estomac
dans les talons!

Papa! Je ne sais plus
où j'ai mis mon casse-tête!

Eh bien, creuse-toi un peu la tête, Lika.
Ça va te revenir!

Bravo les enfants! Vous avez fait ce casse-tête les doigts dans le nez!

— Oli, ta mère te demande
au téléphone! Oh là là! Vous avez
des fourmis dans les jambes!

C'est assez Oli. Il est temps de rentrer
maintenant, dit Maman. Tu ne vas pas
prendre racine chez ta copine!

— Comme tu as l'air fatigué, Oli!
Tu as les paupières lourdes!

On dirait que tu dors debout!

Quand il pleut à boire debout, c'est comme s'il pleuvait tellement qu'on pouvait boire la pluie.

Voir quelqu'un dans sa soupe, ça veut dire qu'on pense à lui tout le temps, même quand on mange une soupe!

Avoir des yeux tout le tour de la tête, c'est une façon de dire qu'on voit tout, tout le temps.

Donner sa langue au chat, c'est avouer qu'on ne connaît pas la réponse à une question.

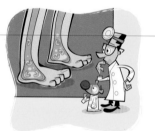

Avoir l'estomac dans les talons, c'est avoir si faim qu'on a l'impression que notre estomac s'étire jusqu'à nos pieds!

Se creuser la tête, c'est chercher quelque chose dans notre mémoire.

Réussir quelque chose les doigts dans le nez, c'est avoir tant de facilité qu'on pourrait se passer de nos doigts.

Avoir des fourmis dans les jambes, c'est avoir les jambes engourdies, et sentir des picotements qui donnent envie de bouger.

Prendre racine, c'est rester planté là comme un arbre qu'on ne pourrait plus déplacer.

Avoir les paupières lourdes, c'est être si fatigué que nos yeux se ferment tout seuls.

Quant à dormir debout, cela vous est-il déjà arrivé?

Catalogage avant publication de Bibliothèque
et Archives nationales du Québec et Bibliothèque
et Archives Canada

Duceppe, Amélie

Il pleut à boire debout

Pour enfants de 3 ans et plus.

ISBN 978-2-89512-781-9

I. Simard, Rémy. II. Titre.

PS8607.U227I46 2009   jC843'.6
C2009-941388-4   PS9607.U227I46 2009

Il pleut à boire debout
© Amélie Duceppe, pour les textes,
et Rémy Simard, pour les illustrations
© Les Éditions Héritage inc. 2009
Tous droits réservés

Direction éditoriale : Catherine Germain
Design : Andrée Lauzon
Révision : Claudine Vivier

Dépôt légal : 3e trimestre 2009
Bibliothèque et Archives du Québec
Bibliothèque nationale du Canada

DOMINIQUE ET COMPAGNIE
300, rue Arran, Saint-Lambert (Québec) J4R 1K5
Téléphone : 514 875-0327 ; Télécopieur : 450 672-5448
Courriel : dominiqueetcompagnie@editionsheritage.com
www.dominiqueetcompagnie.com

Imprimé en Chine.

Nous remercions le Conseil des Arts
du Canada de l'aide accordée à
notre programme de publication.

Nous reconnaissons l'aide financière
du gouvernement du Canada par
l'entremise du Programme d'aide
au développement de l'industrie de
l'édition (PADIÉ) pour nos activités
d'édition.

Nous reconnaissons l'aide financière
du gouvernement du Québec par
l'entremise du Programme de crédit
d'impôt pour l'édition de livres —
SODEC — et du Programme d'aide
aux entreprises du livre et de
l'édition spécialisée.